W0319654

Textes d'André Jeanne
Illustrations de Madeleine Brunelet

FLEURUS

Direction : Guillaume Arnaud
Direction éditoriale : Sarah Malherbe
Édition : Charlotte Walckenaer, Olivia Karam
Direction artistique : Élisabeth Hebert, assistée de Bleuenn Auffret
Direction de fabrication : Thierry Dubus
Fabrication : Florence Bellot
Mise en page : Les PAOistes
© Fleurus, Paris, 2021
57, rue Gaston Tessier, 75166 Paris Cedex 19
www.fleuruseditions.com
ISBN : 978-2-2151-6578-1
MDS : 652433N1
Tous droits réservés pour tous pays. « Loi n° 49-956 du 16 juillet 1949 sur les publications destinées à la jeunesse, modifiée par la loi n° 2011-525 du 17 mai 2011. »

HISTOIRES

à lire avec papa et maman

les animaux

DE LA JUNGLE

FLEURUS

Sauve qui peut !

Lili l'araignée est née avec dix pattes au lieu de huit… Les autres araignées se moquent d'elle tout le temps.
– Tu as trop de pattes, tu vas trébucher ! rigole Léa.
– Tu es un millepatte, pas une araignée ! dit Luce.
– Tu écrases mes pattes, maladroite ! crie Zoé.
Personne ne veut jouer avec Lili. Alors, elle reste dans son coin. Et pour passer le temps, elle tisse des toiles. Grâce à toutes ses pattes, elle tisse très très vite, des toiles très grandes et très solides. Les arbres autour d'elle sont couverts de toiles géantes !

Un jour, les araignées décident d'organiser une course sur la rivière. Elles ramassent de grandes feuilles pour en faire des bateaux.

– Je peux venir avec vous ? demande Lili.

Mais personne ne lui répond.

Cette fois, Lili ne veut pas rester seule. Elle est curieuse de voir comment la course va se dérouler et décide de suivre les autres en cachette.

Les araignées mettent les feuilles à l'eau
et sautent dessus.
C'est parti ! Les bateaux prennent de la vitesse.
– Youpi ! crie Léa.
– Super ! hurle Luce.
– Plus vite ! ajoute Zoé.
Lili court dans les herbes hautes, le long de la rivière.
Mais le courant est trop fort. Les bateaux tournent
dans tous les sens. Les araignées paniquent.
– Au secours ! hurle Léa.
– Nous allons vers la chute d'eau ! crie Luce.
– On va se noyer ! ajoute Zoé.

Lili va-t-elle aider ces araignées qui se moquent d'elle et ne veulent jamais jouer avec elle ? Bien sûr ! Elle ne peut pas les laisser se noyer ! Alors, elle tisse à toute vitesse une très longue toile, qu'elle lance par-dessus la rivière. Juste à temps ! Tous les bateaux sont arrêtés par la toile.

Les araignées rejoignent la rive saines et sauves.
– Merci, Lili ! dit Léa.
– Tu nous as sauvées ! ajoute Luce.
– On ne se moquera jamais plus de toi ! affirme Zoé.
Depuis ce jour-là, toute la jungle connaît le fantastique exploit de Lili, l'araignée à dix pattes.

Moi aussi, je veux voler !

– Maman, je veux voler ! dit Tim.
– Mais Tim, ça ne vole pas, un singe ! Pour voler, il faut des ailes, et les singes n'en ont pas.
Mais Tim ne l'écoute pas. Il grimpe déjà sur un arbre et saute en battant des bras.
– Aaahhh !
Plaf ! Il s'écrase sur le sol. Ouf ! Il est tombé sur un tapis de mousse !
– Je dois monter encore plus haut.
Il grimpe au sommet d'un vieux temple et se lance de nouveau dans le vide.
Aïe ! Cette fois, Tim a atterri sur un porc-épic !

– Je n'arriverai jamais à voler, se plaint-il.
– Je peux t'aider ! propose un perroquet multicolore.
– Tu m'aiderais à voler ? demande Tim.
– Bien sûr ! répond Arc-en-Ciel. Grimpe sur mon dos.
Accroche-toi ! C'est parti !
Arc-en-Ciel et Tim s'envolent dans le ciel. Ils montent très haut, au-dessus des arbres.
– Regarde, Tim, comme la jungle est belle, vue d'ici !
Mais Tim n'ose pas regarder en bas. Il ferme les yeux parce qu'il a peur. C'est trop haut !

– S’il te plaît, Arc-en-Ciel, descendons !
– Tu en es sûr ?
– Oui, je n’ai plus du tout envie de voler.
Arc-en-Ciel pose doucement le petit singe sur le sol.

Tim court retrouver sa maman en pleurant.
– Mon pauvre chéri ! le console-t-elle. Viens, je vais te montrer quelque chose...
– Je vole ! crie Tim, en sautant de liane en liane.
Sa maman lui a appris à voler. Pas comme un oiseau dans le ciel, mais en se balançant d'arbre en arbre, sous les feuilles qui forment un toit au-dessus de sa tête. Tim se sent protégé, il est heureux.
Enfin... il vole !

Le ciel et les étoiles

Comme chaque soir, Théo, le tigre, se promène. Il aperçoit son meilleur ami, Ludo, le paresseux.
– Bonsoir, Ludo ! Pourquoi es-tu assis contre ce tronc d'arbre ? demande Théo.
– J'essaie de dormir, lui répond Ludo.
– Mais tu ne dors plus accroché à une branche ? reprend Théo.
– Avec toutes ces feuilles, avoue Ludo, quand je m'accroche à une branche, je ne vois ni le ciel ni les étoiles, et je n'arrive pas à m'endormir.
– Alors, tu as décidé de dormir par terre, contre un tronc d'arbre ?
– Oui, mais c'est encore pire, il fait tout noir…

– Pauvre Ludo ! Je vais t’aider à trouver une solution. Je n’aime pas te voir triste.

Le lendemain soir, Théo arrive en courant. Ludo est toujours assis contre le tronc d’arbre.

– Ludo ! Ludo ! J'ai une super idée ! crie Théo, avec un grand sourire. Tu vas déménager et t'installer dans un arbre sans feuilles !

– Merci, Théo, mais tu sais que je marche très lentement, c'est pour ça qu'on m'appelle « l'escargot de la jungle » ! Non, je n'ai pas le courage de déménager…

– Mais l'arbre que j'ai trouvé est tout près d'ici. C'est un très vieil arbre qui n'a plus de feuilles ! Je t'y accompagne.
– Alors ? crie Théo, deux jours plus tard, en apercevant son ami, installé tout en haut de l'arbre.
– Tu avais raison, répond Ludo. C'est génial ! Oh, une étoile filante ! Je fais le vœu que tu restes mon meilleur ami pour toujours !

New material only REG. NO. QC-053584 Content : Polyurethane Foam	Matériaux neufs seulement N°de permis : QC-053584 Contenu : Mousse de polyuréthane

PEFC
PEFC/46-31-13
Certifié PEFC
Ce produit est issu de forêts gérées durablement et de sources contrôlées
www.pefc.ro

Photogravure : Apex
N° édition J21144
Achevé d'Imprimer en mars 2021 en Roumanie par Rotolito Romania